Christine Kuhlmann

Traumen, Träume und ein Hauch von Freiheit I

Märchen und Gedichte

Christine Kuhlmann

Traumen, Träume und ein Hauch von Freiheit I

Märchen und Gedichte

Bibliografische Information der Deutschen
Nationalbibliothek:
Die Deutsche Nationalbibliothek verzeichnet diese
Publikation in der Deutschen Nationalbibliografie;
detaillierte bibliografische Daten sind im Internet
über http://dnb.dnb.de abrufbar.

Titelbild: Christine Kuhlmann

Herstellung und Verlag: BoD – Books on Demand,
Norderstedt

ISBN: 9783753423272

Inhalt

Vorwort

Was es bedeutet, "frei" zu sein oder auch nicht, mag ein*e jede*r für sich selbst definieren, doch die gegenwärtige Corona-Pandemie hat unsere lieb gewonnenen Gewohnheiten zutiefst erschüttert.

Diese Krise wird hoffentlich irgendwann vorübergehen, doch die Frage nach der Bedeutung menschlicher Freiheit wird bleiben. Seien es psychische Leiden oder Konflikte (die Traumen), seien es Wünsche und Hoffnungen (die Träume) – ich spüre diesem Spannungsfeld unseres Daseins im ersten Band einer geplanten Reihe mit den Mitteln des Märchens und des Gedichtes nach - und dies stets in dem Bewusstsein, dass es die große, unbedingte Freiheit in einem funktionierenden Gemeinwesen nicht geben kann.

Wohl aber bewegen die Sehnsucht und das Streben nach ihr uns Menschen und die Figuren in meinen Geschichten. Daher sind auch meine

Gedichte ein wenig anders gestaltet, als man es gemeinhin erwartet. Und ja, nicht selten ist es das Ineinandergreifen von Traum und Wachen, sind es die Kräfte der Nacht, der Natur oder des Unbewussten, die meine Protagonisten beflügeln.

Einige der in dieser Anthologie vorgestellten Arbeiten haben schon bei Lesungen, etwa im Bielefelder Sennestadthaus, eine ermutigende Resonanz erfahren. Mögen sie auch hier auf Wohlwollen stoßen und ein paar Lichtblicke in unser nicht immer einfaches Dasein zaubern!

In diesem Sinne auf die Freiheit!

Christine Kuhlmann   *im April 2021*

Lebensfreude

Herzvogel, Flügelherz,

steig' in die Lüfte!

Erobere Raum und Zeit,

flieg' über Klüfte!

Herzvogel, Flügelherz,

steig' in den Himmel auf,

breite die Schwingen aus

und lass' dich tragen!

Brodelnde Schlünde

sind ohne Gefahr;

denn **deine** Lieder

sind doch immer wahr!

Der Flug des Nachtvogels

Es gibt Orte, an denen scheint die Zeit still zu stehen. Das Museum ist so ein Ort. Die von Künstlerhand auf Papier, Leinwand, in Holz oder Gips gebannten Gestalten leben ihr eigenes Leben fernab von Raum und Zeit. Stumm und unbeweglich verharren sie in der ihnen gegebenen Pose – und sind es zufrieden – alle, bis auf einen, den Nachtvogel, der sich mit dieser Art des Daseins einfach nicht abfinden kann.

Von seinem Schöpfer im Flug überwältigt, hasst er diesen engen Rahmen, die Glasplatte, die schwer auf ihm lastet. Nur er vernimmt das unaufhörliche Ticken der Uhr auf einem Gemälde ganz in der Nähe, ein unaufhörliches Ticken, das ihn schier zur Verzweiflung treibt.

Die gleichmütige Ruhe, die all die Kunstfiguren um ihn herum verströmen, regt ihn nur noch mehr auf. Dabei kann er das Bild, dem dieses Ticken entstammt, nicht einmal erkennen; denn er hat nicht die Gabe lebendiger Vögel, zur Seite zu sehen. Wenn er doch nur einmal dieser Erstarrung, diesem Stillleben entfliehen und die Welt da draußen erkunden könnte! Dann wenigstens bekäme er eine Ahnung von dem, was es hieße, frei zu sein...

In dieser Nacht findet er keine Ruhe. Die Uhr tickt lauter als sonst, das Pendel schlägt lauter die Stunden. Er hört, wie die Zeit vergeht, ohne dies zu begreifen. In diesen endlosen Stunden reift in ihm ein Entschluss: Warum es nicht einfach versuchen!?

Als das Licht des frühen Morgens durch die Museumsfenster bricht, ist er bereit. Probeweise klopft er mit dem Schnabel gegen die Platte, die sein Bild vor der Außenwelt schützt. Sie bekommt einen Riss. Erschrocken hält der Nachtvogel inne, doch dann klopft er fester. Es knirscht und kracht. Schließlich hackt der Vogel so lange, bis das Glas in tausend Stücke zerspringt. Verwirrt verharrt er für einen Moment reglos; er kann es nicht fassen. Ist er denn wirklich frei?

Doch dann schüttelt er energisch die Scherben aus seinem Gefieder und breitet die Schwingen aus. Auf den Flügeln der Zeit fliegt er hinaus aus dem Bild. Er flattert aufgeregt durch den Raum, immer dem Licht entgegen.

Schmerzlich muss er jedoch erfahren: Die neue Freiheit hat Grenzen! Die Fenster sind fest verschlossen; er stößt sich empfindlich den Kopf und landet verstört auf dem Boden.

So ist das also! Voller Hoffnung hat er seine alte Welt verlassen, mutig das Glas zerhackt. Nun ist er wieder gefangen, verloren in Raum und Zeit! Es gibt kein Entrinnen, auch der Weg zurück ist nun versperrt. Sein Flug in die Freiheit endet im Nichts. Freiheit – was für ein verächtliches Wort!

Der Vogel duckt sich am Boden. Er kann nicht mehr. Er muss hier verenden – wenn nicht ein Wunder geschieht! Da plötzlich vernimmt er wieder das Ticken, stärker und lauter als jemals zuvor, und er begreift, seine Zeit läuft ab. Er muss sich beeilen;

schon bald werden die Museumstüren sich für die Besucher öffnen!

Mühsam hebt er den Kopf und sieht zum ersten Mal das Bild, das er bisher nur gehört hat. Es zeigt eine große Standuhr, doch es ist eine merkwürdige Uhr! In ihrem Gehäuse gibt es weder Zeiger noch Ziffern, sondern ein Fenster mit weit geöffneten Läden, durch das man den blauen Himmel sieht. In der Ferne schimmert silbrig sogar das Meer. Hört man ganz genau hin, vernimmt man jetzt auch sein Rauschen. Ein leichter Wind erhebt sich, streicht über die Dünung hinweg, dringt durch das offene Fenster und fährt dem Nachtvogel durch die Federn bis an die Haut.

Ein unwillkürliches Zittern durchläuft ihn, er ist sich nun sicher: Dieses Fenster ist seine Rettung, das Tor zur Freiheit, seine Chance zu entkommen! Noch einmal breitet er seine Schwingen aus und setzt an zum Flug. Sogleich erfasst ihn ein Luftstrom, hebt ihn empor und trägt ihn mitten hinein in die neue, unbekannte Welt, die ihm äußerst verlockend erscheint.

Tatsächlich, es ist wie Magie! Der Nachtvogel spürt, wie ein fremder Wille sich seiner bemächtigt. Der Sog wird so stark, dass der Vogel mühelos auf das Fenster zutreibt. Selbst wenn er es wollte, aus eigener Kraft könnte er sich ihm nicht mehr entziehen.

Da plötzlich streift ihn etwas Weiches, Flattriges. Doch sofort gibt es nach und lässt ihn passieren. Anstatt in die Freiheit gerät der Nachtvogel nun aber in einen engen dunklen Schlot, in dem es rauscht und dröhnt, dass ihm das Hören und Sehen vergeht. Es ist ein wahrer Mahlstrom, in dem er sich nun befindet. Die fremden Mächte schleudern ihn hin und her, so dass er um alle Knochen in seinem Vogelleib fürchten muss. Sein unweigerliches Ende ist nahe, sein Mut war umsonst; doch kaum hat er diesen Gedanken gefasst, da wird es schon wieder lichter und er schöpft neue Hoffnung.

Noch aber ist sein Martyrium nicht vorbei. Der Schacht, in dem er soeben noch hilflos gefangen war, speit ihn aus wie verdorbenes Fleisch, und der

Nachtvogel fliegt, er fliegt in rasendem Tempo durch das ihn umgebende Licht, und dies ohne sein Zutun, ging doch alles so schnell, viel zu schnell, um an den Gebrauch seiner Flügel zu denken! Da aber schlägt er auf etwas Klatschendes, Nachgiebiges, das ihn augenblicklich umfängt und ihm die Atemluft nimmt.

Er fühlt sich gepackt von einem anderen Maul. „Dies ist nun wirklich mein Ende!" Der Nachtvogel ist bereit für den Tod, doch auch dieser Schlund hat nicht vor, ihn zu schlucken, sondern spuckt ihn ebenfalls aus, und zwar sehr energisch. In hohem Bogen fliegt der Nachtvogel erneut durch die Luft und eine dumpfe Stimme schimpft: „Was machst du hier in unserem Teich? Verschwinde! Dein Platz ist auf den Bäumen!"

Jetzt endlich besinnt er sich, breitet die Flügel aus, fängt sich und landet sehr sanft auf einem weichen, flauschigen Teppich. Völlig erschöpft und außer Atem plustert der Vogel sich auf und bleibt vorerst hier sitzen. Er kann seine wundersame Rettung noch gar nicht begreifen. Alles ist neu und so anders, als er es kannte. Eine ganze Weile verharrt er hier reglos, doch dann erwachen die Lebensgeister in ihm.

Neugierig beäugt er die zarte Matte, auf der er nun sitzt. Die Farbe erinnert ihn an die seines Museumsgefährten, den aufgeblasenen Frosch, dessen Porträt direkt gegenüber dem seinen hing. Auch der Frosch langweilte sich entsetzlich, das hatte er dem Nachtvogel in einer dieser endlosen Museumsnächte einst anvertraut. Trotzdem hatte er viele Bewunderer und noch mehr Bewunderinnen, die oft und gerne vor seinem Bildnis verharrten und die verschiedensten Gerüche verströmten. Doch der Duft, der dem Vogel jetzt in die Nase steigt, ist tausendmal frischer und süßer als jedes Aroma, das das Museum jemals erfüllte!

Der Nachtvogel seufzt vor Behagen. Da aber vernimmt er die Stimmen, es sind laute und leise, schwache und starke, schrille und feine, weiche und so scharfe, dass es ihn schmerzt bis ins Mark. Es ist ein Flöten und Tuten, ein Pfeifen und Quaken, ein

Quietschen und Brummen, ein Durcheinander von Tönen und Lauten, das ihn schier zur Verzweiflung treibt. Gequält öffnet er seinen Schnabel, seiner Kehle entfährt ein klägliches Krächzen.

„Na los! Du kannst es!", kommt da ein freundliches Zwitschern von irgendwoher. Der Nachtvogel hebt den Blick – und entdeckt eine Art Wand, die undurchdringlich erscheint und fast die gleiche Farbe hat wie die Matte, auf der er immer noch hockt. Mittendrin aber sitzt doch tatsächlich – er traut seinen Augen nicht – ein kleines braunes Etwas, das ihm selbst sehr stark ähnelt!

„Komm' her zu mir!", grüßt es und lockt es. „Sing' mir 'was vor und hab' keine Angst!"

Das lässt sich der Vogel nicht zweimal sagen. Mit wenigen Flügelschlägen landet er neben seinem ersten lebendigen Ebenbild in dieser Wand, die ebenfalls sehr bequem ist und wunderbar riecht. Er sperrt den Schnabel auf und wie von selbst kommen die Töne, zuerst noch ein wenig schüchtern und heiser, doch bald immer leichter. Schnell findet der

Vogel Gefallen an seinem eigenen Lied und stimmt ein in das große Orchester, das ihn umgibt.

„Das ist die Freiheit!", tiriliert er aus vollem Hals, „das ist die Welt! Ich bin überglücklich! Was für ein guter Ort, um zu leben!"

Im Museum steht wenig später die Direktorin vor einem Rätsel. Fast alles ist so, wie sie es am Abend vorher verließ. Kein Alarm war zu hören, Türen und Fenster sind unbeschädigt, Gemälde und Statuen unversehrt, nur das Bildnis des Nachtvogels fehlt. Auf dem Boden unterhalb der Stelle, an der es hing, liegen Scherben und der zerbrochene Rahmen...

„Das müssen ganz gewiegte Profis gewesen sein!", stellt die Frau fest und greift zum Telefon, um das Nötige zu veranlassen. Dabei bemerkt sie, dass es um sie herum heftig zieht.

„Herr Schneider, bitte drosseln Sie doch die Ventilation!", wendet sie sich an den herbeigerufenen Helfer. „Die Stoffkulisse vor dem Abluftschacht hat sich gelöst."

Das Schlüsselbund

Du öffnest mir Räume,

wo führst du mich hin?

Welche Kammern soll ich betreten,

welche Türen hinter mir schließen?

Denn es gibt kein Zurück!

Wohin (ent) führst du mich,

wohin?

Die kleine Rose und die große Welt

Allmählich wurde es hell im Treibhaus. Die Rosen öffneten langsam ihre Blütenkelche und streckten ihre Zweige nach dem Licht. Einige ungezogene Rosenherren konnten sich ein Gähnen nicht verkneifen.

Die Rosendamen waren etwas artiger; sie sagten sich höflich, aber distanziert „Guten Morgen" und putzten sich, während sich die Herren noch ein kleines Nickerchen gönnten. Sie waren nicht ganz so eitel wie ihre Artgenossinnen, die davon träumten, als dekoratives Einzelstück in einer prachtvollen Vase zu stehen und ihre ganze Schönheit entfalten zu können, wie es sich für eine stolze Rose gehörte!

Jede tat ihr Bestes, um ihrem Erzeuger zu gefallen, so bald wie möglich abgeschnitten zu werden und auf den Markt zu kommen. Denn von dort ginge es auf eine weite Reise. Endlich sähe man etwas von der Welt und würde gesehen, anstatt hier, in dem muffigen Treibhaus, mit vielen hundert anderen Rosen auf engem Raum zu versauern und so gar nicht zur Geltung zu kommen!

Jeden Morgen, wenn der Züchter und Gärtner kam, ging ein erwartungsvolles Rascheln durch das große Feld; denn die Rosen waren so aufgeregt, dass sie ihre Blätter kaum stillhalten konnten. Welche würden es diesmal sein, die Gnade fanden vor seinen prüfenden Blicken und in die ersehnte Freiheit gelangten?

Heute jedoch warteten die Rosen umsonst; denn es war Sonntag und die Markthalle war geschlossen. Selbst die Damen kämpften mit dem Gähnen; es würde ein langweiliger Tag werden! Warum sich also nicht gegenseitig ein wenig hänseln?

„Verzeihung, junge Frau", sprach eine vornehme Rose mit dunkelroten Blüten, die stark dufteten, eine kleine weiße in ihrer Nachbarschaft an. „Gestatten Sie, dass ich mich vorstelle? Ich heiße Rosenrot. Gefalle ich Ihnen oder finden Sie mich noch zu dick?" Dabei reckte sie ihren langen Stängel, so hoch sie konnte, und blickte von oben majestätisch auf die kleine Rose herab.

Deren zarte Blütenblätter liefen an den Rändern rosa an. Die Frage war ihr peinlich; denn sie war doch gerade erst vom Kinderfeld, wo sie mit den jungen Hummeln gespielt hatte, hierher gekommen! Sie musste sich bei den Erwachsenen doch erst einleben und konnte sich noch gar kein eigenes Urteil erlauben! „Ich bin wirklich noch nicht alt genug, Madame, um das zu wissen", antwortete sie daher aufrichtig.

Da aber bedachte die vornehme rote Rose die kleine weiße mit einem verächtlichen Blick und wandte sich ab. Die Blütenblätter der Kleinen verfärbten sich noch mehr; denn sie schämte sich furchtbar. Nun hatte sie die schöne rote Rose, die sicher kein Wort mehr mit ihr sprechen würde, gekränkt!

Verstohlen warf sie der anderen noch einen Blick zu, diese aber tuschelte und kicherte bereits mit einer weiteren Nachbarin. Ob sich die beiden auch noch über sie lustig machten? Die kleine weiße Rose wurde ganz traurig; sie schloss ihren Blütenkelch und ließ das Köpfchen hängen, während zwei dicke Tropfen daraus hervorquollen. Dieser Tag fing ja gar nicht gut an!

Da vernahm sie von Weitem ein vertrautes Brummen, das immer näher kam. Wenn das nicht ihre Freundin, die Hummel Loretta, war, dann wollte sie selbst keine Rose mehr sein! Und richtig! Loretta summte heran und kitzelte das Röschen ein wenig mit ihrem Stachel, natürlich ohne ihm weh zu tun! Die kleine Rose öffnete ihre Blüte, die noch ganz feucht vom Weinen war, gerade so viel, dass nur die Hummel hineinpasste.

„Na, na", brummte Loretta. „Wer wird denn weinen?"

Langsam trocknete das Röschen seine Tränen. „Ach, Loretta", seufzte es. „Ich bin so froh, dass du mich besuchen kommst! Ich vermisse meine Spielgefährten vom Kinderfeld so sehr! Grüße doch alle ganz herzlich von mir, wenn du sie triffst!

Vielleicht werde ich ja einige von ihnen wiedersehen."

Loretta versprach, das zu tun, und nachdem sie die kleine Rose noch eine Weile getröstet hatte, summte sie wieder davon.

Am nächsten Morgen kam der Gärtner mit einem großen Messer. Die eitlen Rosen reckten aufgeregt ihre Stiele. Heute jedoch hatte er es vor allem auf die Herren abgesehen, die doch viel lieber bei ihren Damen geblieben wären! Das Abschneiden tat ihnen schrecklich weh, aber ein Rosenkavalier kennt keinen Schmerz! Sie bewahrten Haltung und die meisten verloren nicht einmal ein Blatt.

Die Rosendamen waren indes sehr böse und zischten: „Da sieht man es wieder. Immer zuerst die Herren und unsereins muss warten! Die Welt ist und bleibt ungerecht!"

Am Tag darauf putzte sich jede so fein heraus, wie sie nur konnte. Die vornehme rote Rose pikste die kleine weiße mit einem Dorn und sagte frech: "Na, Kleine, was wetten wir, dass ich die Nächste bin?"

„Was ist das – wetten?", fragte die kleine Rose ganz vorsichtig, um die andere nicht wieder zu reizen. Diese aber ereiferte sich gar nicht fein: „Dummes Ding!", schimpfte sie. „Hast du denn gar keinen Ehrgeiz im Leib? Wir Rosen sind ein besonderes Volk und haben einen Ruf zu verlieren! Also gib dir einmal ein bisschen Mühe!"

Verlegen senkte die Kleine das Köpfchen und versprach sich zu bessern.

„Ts, ts", machte Rosenrot und schüttelte sich, konnte aber nichts mehr sagen; denn der Gärtner hatte schon ihren Stängel gefasst und schnitt ihn – ritsch-ratsch – mitten entzwei.

Ein entsetzlicher Schmerz durchfuhr die schöne Rose, aber sie hielt tapfer stand und gab nicht einen Laut von sich. Die kleine weiße hingegen würdigte der Schnitter noch immer mit keinem Blick. Das Feld wurde leerer und leerer und die zurückgebliebenen Blumen wurden von Tag zu Tag mutloser. Sie hatten bald keine Hoffnung mehr, auf einer marmornen Fensterbank, einem glänzenden Kaminsims oder einem polierten Piano zu stehen und ihre Bestimmung in Schönheit zu vollenden. Wenn es so weiterging, würden sie gleich auf dem Misthaufen landen, und das war ein schlimmer Gedanke für eine Rose!

Auch das weiße Röschen war sehr geknickt, dass sein Erzeuger es einfach nicht mitnehmen wollte, ja es nicht einmal zu bemerken schien. Loretta besuchte es jeden Tag und sprach ihm Mut zu: "Warte nur ab und habe Geduld! Bald ist auch deine Zeit gekommen!"

Aber es war schwer, auszuharren und sich nicht allzu sehr hängen zu lassen. Jeden Morgen gab sich die kleine Rose trotzdem die größte Mühe. Sie entfaltete ihre Zweige, nickte mit dem Köpfchen und raschelte mit den Blättchen. Und immer wieder ging der Gärtner an ihr vorbei und sah sie nicht einmal an.

Eines Tages, als nur noch ganz wenige Rosen übrig waren, kam er wieder, doch diesmal hatte er kein Messer dabei, sondern brachte eine Schaufel und einen ganzen Stapel Töpfe mit. Er machte sich an die Arbeit, grub eine Pflanze nach der anderen mitsamt ihren Wurzeln aus und setzte sie der Reihe nach in einen Topf. So erging es auch der kleinen weißen Rose. Das Umpflanzen tat kein bisschen weh, sondern kitzelte nur ein wenig die Wurzelspitzen.

Dann stellte der Gärtner die Gefäße samt Blumen in seinen Wagen und fuhr sie zum Wochenmarkt. Die kleine Rose war indessen noch niemals im Auto gefahren! Drinnen war es dunkel und unheimlich, es brummte, und sie hätte große Angst gehabt, wäre sie ganz allein gewesen. Aber sie war auch sehr neugierig auf die Freiheit!

Das Sonnenlicht, das direkt auf ihre Blätter fiel, als die Tür aufging, war überwältigend, ebenso wie all der Lärm und die neuartigen Düfte, die sie umfingen! Der kleinen Rose wurde es ganz schwindlig vor Aufregung. Nun war sie wirklich in der weiten Welt! Der Gärtner stellte sie zwischen viele andere grüne und bunte Pflanzen auf den Tisch eines Blumenstandes, hielt ein Schwätzchen mit der Verkäuferin und sagte Adieu.

Auf dem Markt waren unzählige Menschen. Manche hatten es eilig und hasteten nur so vorbei. Andere waren nicht so gehetzt, sondern blieben stehen, betrachteten die Blumen und atmeten ihren Duft. Die schönen bunten Sträuße wurden zuerst verkauft. Dann kamen die Topfgewächse an die Reihe. Am Nachmittag stand nur noch die kleine weiße Rose mit sehr wenigen Grünpflanzen auf dem Tisch. Lange Zeit kam überhaupt niemand mehr vorbei.

Das Röschen fröstelte; denn es wurde allmählich kühl. Als es schon dunkelte, erschien noch ein junges Paar. Beide sahen sehr traurig aus. „Guten Tag, meine Herrschaften!", sagte die Händlerin. „Womit kann ich Ihnen denn noch behilflich sein?"

„Ach..." Die junge Frau seufzte schwer. „Wir suchen etwas Geeignetes für ein Kindergrab."

„Das tut mir sehr leid, aber ich glaube, ich habe da etwas für Sie!", antwortete die Verkäuferin mitfühlend und zeigte ihnen die kleine weiße Rose. „Diese hier hat noch jede Menge Knospen und sie ist bestimmt sehr zäh!"

Die kleine Rose lächelte das Paar tapfer an. Oh, wenn die jungen Leute sie doch mitnähmen! Sie wollte so schön blühen und duften, wie sie konnte, damit sie nicht mehr so traurig waren!

Das Gesicht der Frau wurde tatsächlich ein ganz bisschen heller. „Die nehmen wir, nicht wahr, Lukas?", sagte sie. Ihr Mann nickte nur.

„Eine gute Entscheidung!", erwiderte die freundliche Händlerin, nahm die kleine Rose und wickelte sie in Papier, bevor sie sie dem Paar mit vielen guten Wünschen überreichte.

Die Nacht verbrachte die kleine Rose wieder hinter Glas, doch von der Fensterbank, auf der sie nun stand, konnte sie über sich am Himmel die Sterne sehen. Darunter funkelten viele andere bunte

Lichter. Sie betrachtete all dieses Licht und staunte. Oh, wie schön und groß war die Welt!

Am nächsten Morgen verpackte die junge Frau sie wieder vorsichtig im Papier und brachte sie auf den Friedhof. Davon bekam die kleine Rose aber nicht viel mit; denn nun übermannte sie die Reisemüdigkeit und sie fiel in einen erholsamen Schlaf.

Erst als es um sie herum zu knistern begann, wachte sie wieder auf. Sie spürte, wie die Frau den Topf von ihren Wurzeln entfernte und sie in die frische Erde vor dem Grabstein pflanzte.

Mit einem Schlag war die kleine Rose hellwach. Ah, tat das gut, nicht mehr in dem engen Gefäß stehen! Das war ein ganz neues herrliches Gefühl! Um sich daran zu gewöhnen, machte sie gleich ein wenig Gymnastik. Sie dehnte ihre Zweige und streckte ihre Wurzeln so weit und ungehindert wie niemals zuvor aus. Vor Freude hätte sie singen und tanzen mögen, aber das ging selbst für die wildeste

Rose zu weit! So tat sie nur einen tiefen glücklichen Seufzer und schaute verzückt in die Sonne.

In der ersten Nacht hatte sie noch ein wenig Angst vor all den unbekannten Gestalten, die durch die Dunkelheit huschten. Zum Glück waren sie allesamt friedlich – und wozu hat eine Rose schließlich ihre Dornen!? Sie war jung und gesund und konnte Gefahren durchaus trotzen!

So lebte die kleine weiße Rose lange Zeit glücklich und frei in Sonne, Regen und Wind. Das junge Paar besuchte das Grab zu jeder Jahreszeit und bei jedem Wetter. Es war noch lange sehr traurig. Beide waren oft blass und verweint. Das ging so jahrein und jahraus, doch eines schönen Tages, als die Rose wieder in voller Blüte stand, schoben sie einen Wagen mit einem neuen Erdenbürger vor sich her...

Meereslied

Wie lange gleite ich hier

mit dem Wind über's Meer?

So viele Stunden sind vergangen,

so viele Tage sind verronnen!

Aber ich habe mich selber gefangen

und meine Ruhe gewonnen.

Was ist der Hunger,

was ist der Ruhm?

Ich war wie ein Stein

und nun -

bin ich frei…

Mutter

Ein Traumstück frei nach Shakespeare

Der quirlige Kobold Puck langweilte sich entsetzlich. Es war nun schon viele Jahre ruhig im Elfenland, war über den ärgerlichen Sorgerechtsstreit wegen des morgenländischen Prinzen doch endlich Gras gewachsen!

Die Feenkönigin Titania hatte dieses Menschenkind einst mit in den Elfenhain gebracht. Die leibliche Mutter war bei der Geburt gestorben. Sie war mondsüchtig und mit der Herrscherin des Schattenreichs sehr vertraut. Deshalb betrachtete Titania es als ihre Pflicht, das Neugeborene zu sich zu nehmen, es aufzuziehen und sich an ihm zu erfreuen, als stammte es nicht aus einer anderen Welt.

Das aber war ein Dorn im Auge Oberons, des Elfenkönigs. Böse Zungen behaupteten nämlich, seine Gemahlin habe das hübsche Fürstenkind geraubt, damit es ihr künftig als Edelknabe diene. Lange Zeit raste Oberon vor Eifersucht, wusste er doch um die Schwäche seiner Gattin für die Sterblichen, deren Töchter auch er im Übrigen nicht verachtete. Dieses „Wechselbalg" aber wollte der Elfenkönig so schnell wie möglich loswerden und weit weg in den rauen Wald verbannen, Titania aber gab das Kind nicht freiwillig her.

Da ersann ihr Gemahl eine List. Einmal hatte er beobachtet, wie Amors Liebespfeil versehentlich ein zartes Stiefmütterchen traf und eine Wunde hinterließ, sodass sich die milchweißen Blütenblätter purpurrot färbten. Ihm diese Blume zu besorgen wies der Elfenkönig nun seinen Hofnarren Puck an, der den Auftrag im Nu erfüllte.

Kaum hielt Oberon das Gewächs in der Hand, da schlich er sich zu Titania, die gerade auf einem Blumenhügel eingenickt war, und träufelte seiner Gemahlin den Pflanzensaft auf die Wimpern; denn es hieß, dieser sei ein Zaubermittel, das jedes Wesen rasend verliebt in das erstbeste Geschöpf mache, das es nach dem Erwachen erblicke. Und tatsächlich, die Wirkung stellte sich umgehend ein: Die erste Erscheinung, die sich Titania zeigte, als sie die Augen aufschlug, war zufällig ein hergelaufener Handwerksbursche namens Zettel, den Puck auch noch in einen Esel verwandelt hatte.

Was folgte, war denkbar einfach: Oberon ertappte das ungleiche Paar bei einem zärtlichen Tête-à-Tête. So war es für ihn ein Leichtes, die Elfenkönigin zur Herausgabe des Kindes als Gegenleistung für ihren Fehltritt und seine eigene Nachsicht zu zwingen. Erst dann befreite er sie mit dem Saft eines Veilchens von ihrem Wahn.

Seitdem herrschte Oberon unumschränkt in seinem Reich. Titania war unterdessen merklich ruhiger geworden. Ihr feines Haar war mit silbrigen Fäden durchzogen und ihre Eskapaden gaben ihrem Gemahl nur noch selten Anlass zum Verdruss. Auch bei den Menschenkindern war seit Langem nichts Aufregendes mehr passiert. Es war höchste Zeit, wieder einmal die Puppen tanzen zu lassen, fand Puck; denn ab und zu brauchte ein Erdgeist einfach seinen Spaß!

Der morgenländische Prinz, dem Oberon trotz seines anfänglichen Unmuts eine sorgfältige Erziehung hatte angedeihen lassen, war inzwischen zu einem tapferen jungen Ritter herangewachsen. Nun war er des Elfenkönigs ganzer Stolz, der ihn auf die Jagd begleitete und half, das Feenreich vor bösen Mächten zu schützen. Bei Vollmond ging er mit der kleinen Elfe Minzblüte zum Tanz. Die Hochzeit stand kurz bevor und alles schien in schönster Ordnung.

Um Mitternacht, als das Fest zu Ende war, schwärmten die Geister aus, um durch die Träume der Menschen zu spuken... Der Edelmann begab sich indes im Wald zur Ruhe, doch Puck leistete ihm heimlich Gesellschaft. Wie immer in

Vollmondnächten war der pfiffige Kobold höchst aufgekratzt. Er konnte und wollte sich einen kleinen Scherz nicht verkneifen.

Kaum war der Königssohn eingeschlafen, da träufelte der Troll hastig kichernd den Saft eines Vergissmeinnichts, das von einer Lichtung tief im Feenwald stammte, auf dessen Wimpern. Der Schlummernde ächzte und hob einen Arm, als wollte er sich der Tropfen erwehren, ließ ihn dann aber wieder sinken und begann nur, schwer zu atmen.

Puck holte indessen erleichtert Luft. Der schwierigste Moment war überstanden, der Schlafende war nicht erwacht, sondern träumte, berauscht von der Wirkung des Elixiers, von einem fernen Strand. Es war noch Ebbe, und auf den Wellen schaukelten die ankernden Schiffe, die auf die Flut warteten. Trotz der nächtlichen Stunde waren zwei Frauen am Strand vergnügt unterwegs. Das Auf und Ab der Kähne nachahmend tanzte die eine verspielt über das Land. Sie war schwanger und ihr Leib glich einem geblähten Segel im Wind. Im Sand waren indes die schönsten Gaben des Meeres verstreut. Sie bückte sich danach, so gut sie konnte, und kehrte, während die ersten Sonnenstrahlen den Himmel rötlich färbten, mit Händen voll schimmernder Perlen wie von einer Reise zu ihrer Freundin zurück.

Im Zwielicht erkannte der Träumende keine der beiden und doch kamen sie ihm seltsam vertraut vor. Fast dachte er, die eine sei Titania, doch hatte er die Elfenkönigin noch nie so ausgelassen gesehen. Noch mehr irritierte ihn die andere. Sie war wunderschön und schien nicht aus dem Feenreich zu stammen. Vielmehr musste sie eine veritable Menschenkönigin sein. Auf bisher ungeahnte Weise fühlte sich der Schlafende zu ihr hingezogen. Sein Geist formte ein Wort, das er zuvor noch niemals gehört, geschweige denn jemals selbst gesprochen hatte: Mutter.

Als die Lerche ihren Morgengesang anstimmte, wachte der Edelmann auf und fühlte in sich eine tiefe Melancholie. Minzblüte war von ihren nächtlichen Ausschweifungen zurückgekehrt und brachte ihrem Verlobten ein üppiges Frühstück aus Bohnenblüten, Mottenflügeln und Senfsamen, vermengt mit frischen Tautropfen, an sein Bett aus Gras und Moos. Doch ihr Zukünftiger verspürte heute gar keinen Appetit auf die Köstlichkeiten der Feen. Selbst ihr Gesang konnte ihn nicht erfreuen. So war es auch an den folgenden Tagen, an denen der Junker erwachte. Er aß und trank nicht mehr und verzehrte sich vor Sehnsucht nach dem Land, das er im Traum gesehen hatte. Kein Wunder, dass er zusehends an Kraft verlor!

So ging es nicht mehr weiter! Das sah auch Oberon ein. Bei der nächsten Gelegenheit – es war zufällig die Johannisnacht – begab er sich mit seinem Ziehsohn auf die Jagd, um ein ordentliches Stück Fleisch zu erbeuten. Im Zauberwald von Athen, nicht weit von der Residenz des Herzogs Theseus, legten sich beide auf die Lauer; denn die Vorhut hatte eine Herde Wildschweine gesichtet.

Ausgerechnet jetzt hörten die Waidmänner eine Komödiantentruppe kommen, die sich ihnen von Theseus' Hof her näherte. Der Herrscher feierte nämlich gerade ein rauschendes Fest und hatte das fahrende Volk gebeten, die Gäste mit einem Stück zu erheitern. Nun waren die Gesellen auf dem Heimweg zu ihrem Nachtquartier, das sich unter freiem Himmel im Wald befand. Sie hatten den guten Tropfen am Herzogshof ordentlich zugesprochen und veranstalteten einen mordsmäßigen Lärm.

Mit ihrem Krach schreckten die Kerle die Wildschweine auf. Die Biester ärgerten sich mächtig über dieses fremde „Rudel", das ihnen womöglich die besten Trüffel wegschnappte! Wenn es um diese Leckereien ging, verstand der Keiler keinen Spaß.

Wütend grunzend ging er auf die betrunkenen Strolche los.

Diese erschraken furchtbar. Zimmerer Squenz meinte, der Leibhaftige stürze sich auf ihn, Schreiner Schnock wäre am liebsten im Erdboden versunken, und Zettel, der Weber, den Puck beizeiten in seine menschliche Gestalt zurückverwandelt hatte, glaubte erneut zu träumen...

Nur Thisbe, eine junge Frau aus dem Volk von Athen, behielt einen einigermaßen klaren Kopf. Sie hatte viele Talente, begleitete die Truppe als Köchin und bewachte auch noch die Barschaft. Deshalb durfte sie nicht so viel trinken. Mutig und klug, wie sie war, riss sie sich nun ihre Schürze vom Leib und warf sie dem wütenden Tier vor den Rüssel. Zwar tat es ihr leid um all die Köstlichkeiten, die sie von Theseus' Festmahl darin hatte mitgehen lassen, doch musste ein kleines Opfer um des Überlebens willen gebracht werden!

Als der Keiler die guten Düfte witterte, blieb er grunzend stehen und machte sich darüber her. Diesen Moment nutzten die Vagabunden und ergriffen die Flucht. Unterwegs stolperte Thisbe über eine Wurzel, verstauchte sich den Fuß und musste sich im Gebüsch verstecken. Unterdessen hatte das Wildschwein die Schürze samt Inhalt verschlungen und hielt Ausschau nach weiteren Delikatessen. Grunzend vor Gier nahm es Thisbes Verfolgung auf.

Tom Schnauz, im zivilen Leben ein Schmied, flüchtete eilig ins Lager, wo er eine alte Flinte versteckt hatte, in der noch ein Rest von Schrot war. Ein feiner Herr hatte sie ihm einst überlassen, damit er sie flickte. Wie gut, dass Schnauz es noch nicht über sich gebracht hatte, sie zurückzugeben! Nun würde sich das Eisen vielleicht als nützlich erweisen, doch Schnauz war viel zu betrunken, um richtig zu zielen. Tölpelhaft schoss er so lange vorbei, bis die letzte Schrotkugel verbraucht war. Erst ein wohlgezielter Pfeil, der lautlos zwischen den

Bäumen heranflitzte, brachte das rasende Tier zur Strecke.

Schwer atmend kroch Thisbe aus ihrem Versteck und sank neben dem toten Keiler nieder. Der Pfeil war wie aus dem Nichts aufgetaucht und steckte mitten im blutenden Herzen des Tieres. Thisbe beschloss, ihn herauszuziehen und als Andenken an ihr knappes Ende zu behalten. Sie wunderte sich, wie leicht das Geschoss zu entfernen war. Froh, mit dem Leben davongekommen zu sein, nahm sie es an sich und hinkte, so schnell es ihr kranker Fuß erlaubte, zum Lager, wo die Gefährten schon ihren Rausch ausschliefen.

Den unbemerkt durch den Wald huschenden Puck amüsierte das Treiben indessen königlich. Vergnügt kichernd rieb sich der Kobold die Hände. Das war gerade noch einmal gut gegangen! Gleich würde Oberon seinen Ziehsohn vorausschicken, um nach der Beute zu sehen...

Und so geschah es. Als der junge Edelmann feststellte, dass der Pfeil im Körper des Tieres fehlte, begann er verwirrt, ihn zu suchen. Nachdem er schon eine ganze Weile umhergeirrt war, wäre er beinahe über die Komödianten gestolpert, die schnarchend im Wege lagen. Obwohl selbst ein Sterblicher, hatte er nie Bekanntschaft mit Seinesgleichen gemacht. Kämpfen oder fliehen, das war nun die Frage; doch ehe er sich entscheiden konnte, sank er, vom tagelangen Fasten erschöpft, ins Moos, wo ihn der Schlaf übermannte. Puck war sogleich zur Stelle und träufelte ihm behände den Nektar einer Rose auf die Wimpern...

Wieder träumte der Edelmann von einer schönen Menschenfrau. Sie stand lächelnd vor ihm, den Pfeil des Oberon in der Hand, und wies damit in die Richtung der aufgehenden Sonne. Dort lag das Land, das der junge Ritter schon kannte. Wie von Zauberhand bewegt, erhob er sich und machte sich auf, dem Mädchen zu folgen...

Als er erwachte, lag er an einem hellen Strand in der Sonne. Das Licht blendete ihn; er musste blinzeln. Vor ihm stand Thisbe.

„Wo sind wir?", wunderte er sich und rieb sich den Schlaf aus den Augen. „Zu Hause!", antwortete sie. „Fürchte dich nicht, der Pfeil bringt uns Glück und wird uns vor allen Gefahren bewahren!"

Oberon indessen blieb bis zum Morgengrauen im Wald und wartete auf seinen Jagdgefährten. Schlug der etwa Titania nach und ließ sich mit den Sterblichen ein?, fragte sich der Elfenkönig ungeduldig. Allmählich wurde es Zeit, ins Feenland zurückzukehren! Als die Sonne schon hoch am Himmel stand, schickte er sein Gefolge auf die Suche, aber es war zu spät. Nachdem sich die Komödianten mit einem ordentlichen Wildbret gestärkt hatten, waren sie ganz früh am Morgen zu einer weiten Reise aufgebrochen. Mit ihnen zog einer, der nur noch seinem Herzen folgte, hatte der schlaue Puck doch ganze Arbeit geleistet!

Oberon hingegen war sehr erzürnt, als das Elfengeschwader erfolglos zurückkam. Es hatte nur noch das Gerippe der Beute im Schlepptau. Von seinem Ziehsohn aber fehlte jede Spur und auch sein Pfeil war verschwunden. Das war kein gutes Omen! Nun hatte der Feenkönig niemanden mehr, der seine Jagdleidenschaft teilte. Oder doch?

Kleinlaut begab er sich wieder ins Schattenreich. Auch Puck, diesen launigen Wicht, trieb es dorthin zurück. Schließlich musste er Minzblüte, die bestimmt ihren Verlobten vermisste, mit einem Spaß aufheitern! Das Elfenkönigspaar indes verlebte die zweiten Flitterwochen. Seit langer Zeit ging es wieder gemeinsam zur Jagd. Es umkreiste den ganzen Erdball. Im Land der aufgehenden Sonne hielt es für einen Moment inne und lauschte dem Branden der See...

Ermutigung

Ein Stern

erzählt

eine kleine Geschichte...

Musik

erklingt im Raum.

Ich habe einen Traum

von einem Land,

in dem man leben kann ohne Angst,

von einem Land,

in dem man wohnen kann

ohne Angst vor Verletzung, Willkür, Gewalt,

ohne Angst vor Verfolgung,

ohne Angst vor Verlust,

ohne Angst vor dem Hungern,

ohne Angst, anders zu sein,

ohne Angst vor dem Morgen,

ohne Angst vor dem Tod,

ohne Angst vor dem Weinen,

ohne Angst vor dem Lachen,

ohne Angst vor dem Traum von dem Land,

in dem man leben kann wie ein Mensch,

in Frieden und Freiheit,

ohne Angst,

ohne Angst…